FOLIO CADET

D0988033

Pour Donna Larson,
P. D.

Traduit de l'anglais
par Pascale Jusforgue

Maquette : Karine Benoit

Titre original : *It's a Fair Day, Amber Brown*
Édition originale publiée par G.P. Putnam's Sons,
a division of Penguin Putnam Books for Young Readers, New York
© Paula Danziger, 2002, pour le texte
© Tony Ross, 2002, pour les illustrations
© Éditions Gallimard Jeunesse, 2005, pour la traduction

Paula Danziger

Lili Graffiti
fait du manège

illustré par Tony Ross

GALLIMARD JEUNESSE

Ce matin, je me suis réveillée en me disant : « Pourvu que ce soit une super journée ! »

Hier, ce n'était vraiment pas le rêve. Mes parents n'ont pas arrêté de se disputer. Et moi, Lili Graffiti, je déteste ça.

J'enlève mon pyjama et, pour bien démarrer la journée, j'enfile mes habits porte-bonheur.

En descendant l'escalier, je fais bien attention à ce que l'arrière de ma chaussure droite colle à chaque marche.

Et chaque fois, je me répète : « Super journée, super journée. »

Papa et maman sont déjà dans la cuisine, avec Justin Morris (mon meilleur ami), ses parents et son petit frère Danny. Tout le monde bavarde joyeusement.

Nous passons les vacances ensemble, à Pansulney.

Justin et moi, on s'amuse à dire Pan-sur-le-Nez.

Pour l'instant la journée s'annonce bien.

Je prends la boîte de Crousty Pops, mes céréales préférées.

Elle est toute légère. Je la secoue. Pas un bruit.

Je regarde à l'intérieur. Rien. Je vérifie encore.

Qui a fini mes céréales ?

– Boucle d'Or et les trois ours ! crie Danny.

Ça fait rire tout le monde sauf moi.

Si je n'ai pas mes céréales préférées au petit déjeuner, c'est peut-être mauvais signe pour la suite.

Moi, Lili Graffiti, je regarde sur la table.

Le bol de Justin déborde de Crousty Pops.

Justin laisse échapper un rot.

– Dis donc, cochon ! gronde sa mère.

Je regarde Justin en louchant et en faisant groink groink !

Il me répond par une grimace.

Je regrogne. Il refait la grimace.

Il s'imagine peut-être que ça va me faire oublier le coup des céréales… mais en attendant, cette journée me semble mal partie.

Non seulement Justin est un cochon, mais un cochon qui va avoir de sérieux ennuis.

— Tu aurais pu m'en laisser ! lui dis-je. Je voulais juste en manger un peu et me faire un collier avec le reste.

— C'est bien un truc de filles, répond-il en enfournant une énorme cuillerée de Crousty Pops.

Il tend la main vers l'assiette de Danny et lui prend ses gaufrettes.

— On pourrait s'en faire un joli collier, non ?

Parfois, Justin me rend dingue.

Chez nous, dans le New Jersey, nous sommes les meilleurs amis du monde. Je suis fille unique et Justin habite juste à côté de chez moi.

Ici, à Pansulney, nous habitons tous dans la même maison et je ne me sens plus fille unique.

Justin lape le lait de ses céréales en faisant slurp, slurp !

Je l'ignore royalement… et je me prépare un sandwich au beurre de cacahuète et à la gelée de groseille.

Danny se met à tournicoter dans la cuisine. Il se prend pour une toupie mais je ne fais pas attention à lui.

Tout à coup, mon père se lève en disant :

– Je vais faire un saut à l'épicerie pour acheter des Crousty Pops à Lili.

– Non, Philip, reste ici, dit maman. Je sais très bien ce que tu as derrière la tête : tu veux aller au village pour pouvoir téléphoner à ton bureau. Nous sommes en vacances, détends-toi un peu !

Papa se rassied en soupirant.

Je m'assieds à mon tour et je commence à manger mon sandwich.

Justin me regarde en louchant.

Je fais pareil, puis j'observe mes parents.

On voit bien que papa a du mal à rester en place.

Maman fait celle qui s'en moque, mais je sais qu'elle n'aime pas que papa pense au travail quand il est en vacances.

Je croise les doigts en espérant qu'ils ne vont pas encore se disputer.

Je pose ma tête sur la table.

Deux secondes plus tard, j'entends quelque chose glisser vers moi.

Je jette un œil.

C'est le restant de céréales de Justin.

– On n'a qu'à partager, me dit-il. Je vais prendre des gaufrettes à la place.

Ses Crousty Pops sont tout détrempés.

Moi, Lili Graffiti, j'aime les céréales bien croustillantes. Normalement, j'ajoute juste un peu de lait au dernier moment avant de les manger.

Maman rend son bol à Justin.

– C'est très gentil de ta part mais ce n'est pas très hygiénique.

Heureusement qu'elle ne sait pas qu'à l'école, on échange souvent nos chewing-gums après les avoir mâchés…

Justin recommence à laper son lait avec de grands slurp !

Je lui fais un sourire et lui aussi.

– Dépêchons-nous, il est temps de partir à la fête foraine ! dit M. Morris.

Il y aura des jeux, des manèges… et des tas de choses à manger.

Moi, Lili Graffiti, je suis excitée comme une puce.

– Regarde, Danny, dis-je, c'est écrit
« Bienvenue à la grande fête du comté ».

– Moi ze sais compter ! dit Danny en
sautillant sur place. Un, deux, sept,
quatre, onze.

J'essaie de lui expliquer :

– Un comté, c'est comme une région,
ça n'a rien à voir avec le calcul. Ça
s'écrit c-o-m-t-é.

– Com-té ! Com-té ! reprend Danny en sautillant de plus belle. Un-té, deux-té, sept-té, quatre-té, onze-té !

– C'est ça, té-toi, tête de pois chiche ! lui lance Justin.

– Sois gentil avec ton petit frère, dit M. Morris.

À l'entrée de la fête, il y a un marchand de barbe à papa.

Danny se précipite vers lui en hurlant de joie et nous le suivons.

— Une belle barbe rose pour tout le monde ! dit papa en sortant son porte-monnaie.

— Je ne veux pas de cette cochonnerie, déclare maman.

Papa lui en achète une quand même.

Maman jette sa barbe à papa dans la poubelle.

Tout à coup, je trouve que la mienne n'a plus aussi bon goût.

Ensuite nous allons visiter le hangar des animaux. Ils sont mignons… mais ça ne sent pas très bon à l'intérieur.

Ça me rappelle l'odeur de Danny quand il a sali sa couche.

D'ailleurs, c'est le cas.

– Regardez ce que transporte ce gros tracteur ! s'écrie papa.

– Berk ! Ça sent aussi mauvais que mon frère, dit Justin en se bouchant le nez.

Mme Morris prend Danny sous le bras et se dépêche d'aller le changer.

Justin et son père vont faire un tour sur le grand huit. Moi, Lili Graffiti, je n'aime pas ça.

Avec mes parents, nous allons vers le manège. Comme ils ne disent pas un mot, c'est à moi de faire la conversation.

– Vous savez, si vous aviez la même taille que moi, vous ne verriez qu'une forêt de fesses et de genoux !

– Lili ! Ce n'est pas très agréable, dit maman en riant.

– Non… mais c'est la vérité, dis-je.

Papa se met à genoux et regarde autour de lui.

– Tu as raison, Lili. Sarah, viens voir ça !

Maman nous regarde de toute sa hauteur, puis se met à quatre pattes.

C'est la première fois qu'on s'amuse aussi bien depuis le début des vacances.

Mes parents se relèvent et me laissent seule au milieu de la forêt de fesses et de genoux.

Nous arrivons au manège.

Je propose qu'on s'installe tous les trois dans le grand chariot.

– Laissons-le aux touts petits, dit maman.

Du coup, nous grimpons chacun sur un animal différent.

Je choisis le lion et je m'étends sur lui de tout mon long.

– Regardez, je fais la sieste !

– Lili-au-lit-sur-le-lion ! dit maman en riant.

Le manège démarre et je fais semblant d'être Lili, la reine de la jungle.

Quelques minutes plus tard, le manège s'arrête et nous descendons.

Mes parents marchent en silence, sans échanger un regard.

Ça vaut mieux que de se disputer comme hier, mais ce n'est quand même pas l'idéal.

– Coucou, nous revoilà ! dit Justin en arrivant vers nous avec la famille Morris au grand complet.

Du doigt, il montre un stand en criant :
– Chouette, des hot dogs !
Tout le monde en prend un.
Je décide d'appeler le mien Médor.
Après ça, impossible de croquer dedans.
Médor finit dans l'estomac de papa.
Moi, Lili Graffiti, je ne donnerai plus jamais de nom à mes hot dogs.

Danny attrape Justin par la main et s'écrie :

– Ze veux aller sur les zavions !

J'aimerais bien monter avec Justin. Mais il y a des fois où son petit frère passe en priorité.

Je m'assieds à côté d'une petite fille qui n'a pas encore de copilote.

Justin se tourne vers nous en disant :

– On fait la course ? Les filles contre les garçons !

Ce qu'il peut être bête, parfois… Leur avion est devant le nôtre, ils vont forcément gagner !

Ça y est, nous décollons.

Les avions tournent de plus en plus vite… se penchent sur le côté… accélèrent encore… et s'inclinent un peu plus…

Ma voisine n'arrête pas de faire vroom, vrooom, bip, bip !

Nous commençons à ralentir.

Peu à peu, les avions se posent sur la plate-forme et les enfants mettent pied à terre.

Justin et Danny descendent juste avant moi.

Je parie que Justin va se vanter d'avoir gagné, mais non. Malgré sa victoire, il n'a pas l'air content.

Je l'observe de plus près.

Il est couvert de vomi et Danny aussi.

Ils ont eu le mal de l'air !

Mme Morris les regarde en faisant la grimace.

– Il ne reste plus qu'à retourner à la

voiture pour vous changer, leur dit-elle. Et à partir de maintenant, plus question de manger quoi que ce soit !

– À tout à l'heure ! dit M. Morris en s'éloignant.

Mes parents hochent la tête en lui faisant un vague signe de la main.

Ils sont en pleine discussion. Et ça n'a pas l'air d'être la joie.

Je m'approche d'eux. Ils ne me voient pas mais moi, je les vois et je les entends très bien.

Ils sont en colère.

Moi, Lili Graffiti, je déteste quand les gens se mettent en colère. Surtout mes parents.

Puisque c'est comme ça, je préfère aller avec les Morris.

Je m'éloigne.

Mes parents ne s'en aperçoivent même pas.

Je déambule à travers l'immense forêt de fesses et de genoux, mais je ne sais pas comment rejoindre la voiture.

Je n'ai plus aucun point de repère.

Je commence à avoir peur.

Cette fête foraine est trop grande.

Je suis de plus en plus paniquée.

C'est clair, je suis complètement perdue.

Je veux retrouver papa et maman. Là, maintenant, tout de suite.

Je me mets à pleurer.

Les larmes dégoulinent sur mes joues et j'ai la goutte au nez.

Le pire, c'est que je n'ai même pas de mouchoir.

J'aperçois des gens qui piquent-niquent autour d'une table.

Je m'approche d'eux et je leur
demande où est le parking.

– Tu es perdue ? me dit la dame.

Je hoche la tête en pleurant de plus
belle.

– Ne bouge pas d'ici, dit le monsieur,
je vais aller chercher de l'aide.

La dame sort un mouchoir et m'essuie
les yeux. Puis elle m'en tend un autre
pour que je me mouche.

Peu après, son mari revient avec un agent de police.

– Je vais te conduire aux objets trouvés, me dit-il. Ne t'inquiète pas, tu vas bientôt retrouver tes parents.

Je remercie les gens et je m'en vais avec le policier.

Il me fait entrer sous une tente.

– Les parents de la petite Lili Graffiti sont priés de se rendre au poste des objets trouvés, à droite de l'entrée principale, entend-on soudain dans le haut-parleur.

Cinq minutes plus tard, papa et maman arrivent en courant.

Ils me prennent dans leurs bras et me serrent très fort.

Je pleure, maman aussi… et je crois bien que papa se retient.

— J'ai eu si peur ! me disent-ils en chœur.

Tout en reniflant, maman ajoute :

— Nous te croyions avec les Morris… Quand nous les avons vus revenir sans toi, on s'est inquiétés, on t'a cherchée partout !

– Comme vous vous disputiez, j'ai voulu aller les rejoindre.

Maman et papa me regardent, échangent un coup d'œil, puis me regardent à nouveau.

Ils me disent qu'ils sont désolés et me serrent encore dans leurs bras.

Les Morris arrivent à leur tour et ils m'embrassent tous… sauf Justin.

Lui, il me fait une grimace et je lui réponds de la même façon.

Après ça, nos deux familles se donnent rendez-vous dans une heure.

Pendant que les
Morris vont admirer les
machines agricoles, nous
décidons d'aller aux stands
des jeux.

Je donne la main à maman et
à papa. Je suis tellement heureuse qu'à
mon avis, ça va déteindre sur eux.

– Regarde, du basket-ball ! dit papa.
J'étais très fort à ce jeu-là.

Après avoir payé, papa prend le ballon.

Premier panier. Deuxième panier. Troisième panier… c'est gagné !

Je saute de joie. Comme lot, je choisis un énorme crayon en mousse.

Papa retente sa chance et gagne encore.
Cette fois, c'est à lui de choisir un lot.
Il prend un nounours avec un gros
cœur entre les pattes et l'offre à maman.

Ils se sourient et ça me rend heureuse.
Nous passons aux autres stands.

Au jeu de la grenouille, moi, Lili Graffiti, je gagne deux poissons rouges.

Ensuite, papa, maman et moi participons à la course en sac.

C'est un grand garçon qui gagne.

Une petite fille pleure parce qu'elle a perdu.

Moi, Lili Graffiti, je lui donne un de mes poissons rouges.

À fille unique, poisson unique !

La petite fille est toute contente et moi aussi.

Cette journée qui ne s'annonçait pas très bien s'est vraiment transformée en jour de fête.

FIN

Paula Danziger est née à Washington DC en 1944 et a passé son enfance à New York. Elle commença à écrire tout en exerçant différents métiers qui allaient la mettre en contact avec les enfants : professeur d'anglais, conseillère pédagogique, animatrice d'une émission télévisée. Le succès croissant de ses livres, récompensés par de nombreux prix et traduits dans plusieurs langues, l'encouragea alors à réaliser son rêve : devenir écrivain à temps complet. L'inoubliable personnage de Lili Graffiti lui fut inspiré par sa nièce Carrie. Elle imagina ensuite pour les plus jeunes les premières aventures de Lili Graffiti. Paula Danziger se sentait proche des enfants et ses histoires témoignent d'une grande justesse psychologique. Passionnée par la vie, les gens, elle effectua de nombreux voyages pour rencontrer ses lecteurs du monde entier. Enthousiaste, gaie et chaleureuse, à l'image de son héroïne, elle savait partager son amour des livres. Paula Danziger est décédée en juillet 2004.

Tony Ross est né à Londres en 1938. Après des études de dessin, il travaille dans la publicité puis devient professeur à l'école des beaux-arts de Manchester. En 1973, il publie ses premiers livres pour enfants. Sous des allures de rêveur volontiers farceur, Tony Ross est un travailleur acharné. On lui doit des centaines d'albums, de couvertures et d'illustrations de romans. D'un malicieux coup de crayon sont nés l'irrésistible Lili Graffiti, la fantaisiste Mademoiselle Charlotte et l'insupportable William, héros de la collection Folio Cadet.

Je lis, je grandis… avec Lili Graffiti.

Mes premières  aventures

**Lili Graffiti fait
du camping,** 447

Moi, Lili Graffiti,
je pars aujourd'hui en vacances
avec Justin, mon meilleur ami,
et son petit frère. Nos papas
nous rejoindront bientôt
et on dormira sous la tente.
En attendant, direction
la piscine.

**Sept bougies pour
Lili Graffiti,** 448

Moi, Lili Graffiti,
je suis excitée comme
une puce ! Demain c'est mon
anniversaire, j'aurai sept ans.
J'aimerais bien pouvoir ouvrir
un cadeau et goûter mon
gâteau. Mais pas question,
je dois attendre le grand jour.

LES AVENTURES DE LILI GRAFFITI **à partir de 8 ans**

ISBN : 2-07057021-5
N° d'édition : 134775
Loi n° 49-956 du 16 juillet 1949
sur les publications destinées à la jeunesse
Dépôt légal : mai 2005
Imprimé en France par I.M.E